MES SOUHAITS

DE

BONNE ANNÉE

A 1868.

Ridendo dicere verum.

Vive la nouvelle année 1868 ! Elle est bissextile de sa nature et parée des plus riantes couleurs.

A qui douterait que le commerce ne soit très-florissant, je conseille d'aller visiter les manufactures de sabres et les boutiques d'armuriers.

A qui peut craindre la guerre, j'offre le spectacle enchanteur de toutes les nations du globe qui se sourient avec tendresse et s'offrent une main amie, avec un chassepot dans l'autre ; faisant remarquer, d'autre part, que pour répondre à leur douce prévenance, nous allons bientôt avoir douze cent mille hommes à la frontière, et qu'à l'intérieur, on va tous nous décorer... d'une giberne très-vernie et d'un bonnet à poil très-fourré, moyennant quoi tout citoyen de la *mobile* pourra jouir de tous les priviléges affectés au bel état de soldat.

Qu'en dira M. Favre ? il ragera. Ça n'en sera pas moins très-profitable à l'hygiène : exercice gymnastique obligatoire pour tous. Et le dimanche donc, quand on ira promener son épouse ? ça sera chic !

Des quatre points cardinaux le bonheur est dans l'air.

1868

La Prusse nous envoie des dragées, et nous fait espérer des pruneaux ; l'Autriche nous cajole ; l'Angleterre fait la morte ; la Russie nous estime ! il n'y a que l'Italie qui grinche un peu ; mais ses grands hommes sont en vacances ; son roi va se promener ; et à Florence comme à Rome toutes les boutiques sont ouvertes ; il n'y a que le parlement de fermé.

Donc, étant aujourd'hui le premier jour de l'an, voici mes vœux :

Je n'offre rien à la Prusse ; c'est le pays trois fois heureux ! Elle possède M. de Bismark ; ses fusils ont des aiguilles ; son premier ministre a le fil, et il n'y a pas un seul Français un peu coquet qui n'ait un pantalon à la Bismark : — le grand homme à la mode est aussi le roi de la mode !

A nos bons amis les Anglais je souhaite des brouillards moins épais, la guérison de leurs pommes de terre, et pas le moindre fenian à pendre ! A mon cher pays, la continuation de tous ses bonheurs, et la réélection de M. de Kerveguen.

Et à cette bonne Italie, toutes les bénédictions du Pape et le Paradis à la fin de ses jours.

Et à propos de cette *chère* Italie, il est juste de convenir qu'en ce moment elle éprouve de légers embarras. On dit que ses députés ne font qu'aller et venir autour de la « question romaine » et ne la font point avancer. Mais qui ne se souvient des grands jours de l'illustre bonnetier Jérôme Pâturot, le député modèle, si plein de sagesse et de prévoyance ?

A son entrée au Parlement, ce n'était ni de la question d'Italie, ni de la question d'Allemagne qu'il s'agissait ; mais de la question d'Orient, —grave question, et qui ne l'est pas moins encore.

Pâturot, avant tout, était Français ; il voulait qu'on ne

l'ignorât pas, et le proclamait très-haut. On voit qu'il eût été parfaitement digne de la plus grande amitié de M. Thiers. Mais comme il n'avait aucune guigne particulière contre l'Orient, il n'était point fâché, non plus, de lui témoigner ses vives sympathies, vu que l'Orient fournissait les laines d'Andrinople, les plus considérées pour les gilets de flanelle et les bonnets.

Pourquoi donc n'y aurait-il pas aujourd'hui une quantité de bons Français, députés ou non, qui seraient heureux de témoigner à l'Italie toute leur estime, ne serait-ce que parce qu'elle est la patrie de Garibaldi et celle du meilleur macaroni connu ?

J'oserai m'appuyer sur cet incontestable droit, et je me proclame, sans crainte et sans remords, l'ami du gruyère et du héros [1] !

Et je reviens à Pàturot et à la question d'Orient.. Comme il vous la trancha cette question, d'un revers de sa parole ! « O Orient, — s'écria-t-il plein de la plus touchante sensibilité, nous étions faits pour nous comprendre, et j'avoue que je ne te comprends pas du tout. » -- (*Ebahissement général, applaudissement unanime, — comme au 5 décembre, présent mois. On casse les banquettes.*)

Que de profonde sagesse en ce peu de mots! — Quel exemple ! et que MM. les orateurs florentins feraient bien de l'imiter au lieu de se mettre en belle humeur contre la France et de crier « que nos soldats sont des lâches » ! Je veux bien que ce ne soit là qu'une fleur de rhétorique jetée à notre nez de trop loin pour que nous puissions dire merci... mais ce n'est pas bien du tout de la part de M. Bertani de nous adresser de telles gentillesses, et je

---

1. Tout le monde sait que le gruyère est citoyen libre de la Suisse ; mais son incorporation au macaroni en a fait un fils adoptif de l'Italie.

gage qu'il se garderait bien d'aller tenir un pareil langage même à un gendarme du pape.

Mais Jérôme n'en resta point là, il voulut compléter sa
puissante démonstration, et s'adressant à ses collègues, qui
tous n'étaient peut-être pas de sa force, mais qui tous
comme lui étaient éminemment dévoués aux intérêts du
pays : « Oui, messieurs, s'écria-t-il, cette question d'Orient
est grave, —elle est même très-grave (*Bravos*), je l'ai pro-
fondément étudiée, et je tiens à vous convaincre que ce que
j'en ai recueilli de plus instructif jusqu'à ce jour, c'est qu'il
existe sur le Bosphore une ville qui se nomme Constanti-
nople, et que les Turcs y sont en majorité. (*Tonnerre d'applaudissements*). » Et Pâturot fut déclaré avoir bien mérité
de son pays.

Et vous aussi, M. Bertani, eussiez bien mérité de votre
pays et du nôtre, si, au lieu de nous lancer des mots, vous
vous étiez tenu à peu près ce langage : « L'Italie assuré-
ment est une grande nation, mais qui n'est pas d'accord
du tout. Les uns veulent que le pape soit roi, les autres
n'en veulent faire qu'un sacristain : je conviendrai que
tous les goûts sont dans la nature ; mais avant de discuter
sur les droits du pape, est-ce qu'il ne serait pas plus sage
de bien nous établir chez nous ? Ne fondons pas nos mai-
sons avant de nous être logés. Edifions au lieu de détruire,
et posons-nous ce simple argument : Si sur les bords du
Tibre il y a des catholiques qui ne veulent pas du pape, il
peut y avoir sur les mêmes bords, et sur d'autres, des catholiques qui en veulent ; et à ceux-ci, comme à ceux-là,
la religion chrétienne ordonne de s'aimer en frères, et surtout qu'on ne se tue pas... L'union des peuples a été le
rêve d'un prêtre [1], et peut-être bien que le pape finirait
par aider à la nôtre. Donc espérons et attendons ! »

1. L'abbé de Saint-Pierre.

Voilà, M. Bertani, ce qui eût été souverainement logi-
que, et par là vous étiez sûr de vous préparer la meilleure
des échelles pour monter au Capitole, si jamais vous y
songez. Dieu vous y mène !

Mais, au lieu de ces bonnes paroles, vous avez mis le
feu aux poudres ; et voilà que votre gouvernement veut
se donner pour étrennes quatre cent mille chassepots...

Que si j'avais l'honneur d'être soldat italien, je me per-
mettrais de demander à mon gouvernement ce qu'il veut
faire de ces bijoux-là.

Qu'est-ce que le chassepot ? C'est un fusil qui tue de
loin, qui va trouver ceux qui n'aiment pas à s'approcher
de trop près, et qui a le suprême avantage de jeter du
plomb aux jambes de ceux qui ne peuvent que vous jeter
de la poudre aux yeux.

Cela a pu être bon pour les premiers qui en ont
usé; mais quand tout le monde en aura, c'est comme si
personne n'en avait. Je comprends l'avantage d'une épée
d'un mètre cinquante contre une lame d'un mètre. Mais
qu'on mette une rapière de six pieds de long aux mains de
deux ferrailleurs, où sera l'avantage? Conclusion : Le chassepot a fait son temps, et au voltigeur français il restera
toujours sa baïonnette et son pompon. A bon entendeur
mi-mot suffit.

Et puisque j'ai parlé du gouvernement (toujours floren-
tin), c'est à lui désormais que je prendrai la liberté d'offrir
mes dragées. Les petits cadeaux entretiennent l'amitié.

Point de personnalité. Mais j'oserai cependant lui dire
qu'il ressemble un peu à ces petits enfants à qui l'on demande : D. Qui vous a créé et mis au monde ? R. C'est
Dieu ; et ils répètent avec vous que Dieu est infiniment bon et infiniment aimable; mais bientôt, ils pren-
nent des dents et ils veulent mordre ; il se dressent sur
leurs jambes, et veulent marcher tout seuls ; ils tombent,

et Dieu alors est oublié, il n'est plus souverainement aimable, il est injuste, il est méchant, il est « le mal ». Vous n'aviez qu'un lambeau d'Italie ; on vous en a fait une complète. Vous n'aviez pas Venise, mais en aviez grande envie ; et ne sachant pas la prendre, on vous l'a donnée. On vous avait mis en regard d'une grande et belle route sablée de sable fin, et il vous a plu de dévoyer sur des cailloux. Et notre faiblesse paternelle encore vous a suivis jusque-là. Mais les cailloux ayant frisé nos chairs vives, « revenez, avons-nous dit, revenez... » vous aviez promis ; avez-vous tenu vos promesses ? Et devions-nous alors vous suivre jusqu'à ce que les cailloux aient rongé nos orteils ?

Vous avez mieux aimé fausser votre parole — soit. Mais la France n'a jamais failli à la sienne. Et de même que Dieu souverainement bon est forcé quelquefois de mettre un terme à ses bontés et de punir les ingrats ; de même la France votre amie, votre alliée, votre sœur a dû se tourner contre vous.

Est-ce sa faute ? est-ce la vôtre ?

Et maintenant que, bien à contre-cœur, nous voici à Rome, croyez-vous donc que nous n'y sommes venus que pour bayer aux sept collines, brûler un cierge au temple de Vesta, et offrir un bouquet à vos dames? Cela coûte, ces petits voyages... Puis en France on est curieux et l'on nous demanderait bien vite : Qu'êtes-vous allé faire là-bas ? sont-ils unis ? resteront-ils unis ? — « Ils ont promis d'être sages, dirions-nous ? » Promis... Promis... Chez nous cela voudrait dire : *Tenir* ; mais là-bas, on sait ce qu'en vaut l'aune de leurs promesses !

Donc la prudence nous ordonne d'attendre et nous attendrons, faites ou ne faites pas fabriquer des *aiguilles*.

Mais enfin que voulez-vous ? être unifiés ; chasser le Pape de Rome et prendre Rome pour vous ? C'est, dites-vous, le vœu de la nation; c'est votre gloire dans ce monde.

Il vaudrait peut-être mieux songer à votre salut dans l'autre.

Et d'abord que peut faire Rome à votre unification ? Otez à Rome ses musées, ses monuments, ses clochers, le tombeau de ses apôtres, ce n'est plus qu'une ville de quatrième ordre sans industrie, sans commerce ; une ville morte qui ne vit que de l'étranger « et des aumônes de la chrétienté, comme a dit l'économiste Blanqui. Croyez moi, songez plutôt à établir l'*Unité* entre Turin qui veut la séparation, et la Sicile qui n'en veut pas ; entre Naples qui veut François II, et le parlement de Florence qui ne peut délibérer « qu'à l'ombre des baïonnettes ».

Est-ce donc que vous songeriez à ressusciter l'empire romain? les nations ne ressuscitent pas ; mortes, elles ne revivent plus que par leur histoire, et l'histoire ne nous a jamais appris qu'il fût très-honnête d'user de sa force pour prendre le bien de son voisin.

Donc, chasser le pape n'est pas bien,—ce n'est pas non plus chose très-facile, car le pape c'est le représentant le Dieu, en Italie, comme ailleurs. Et M. Mazzini lui-même, le futur régénérateur de l'Italie, mais qui ne veut ni de ses rois, ni de ses lois, ni de ses dieux, un jour interpellé sur ce qu'il comptait mettre à la place de tout cela, qu'a-t-il répondu ? « *Dio e Popolo.* » *Dio!* ....Ah !citoyen, cela vous a échappé, mais par là vous avez reconnu bien fort qu'il nous fallait un Pape, *qu'il vous* en fallait un, car le Pape c'est le chef de la religion catholique. Et vous êtes catholique, vous le dites.

Et la France aussi est catholique, pourquoi elle ne saurait vous aider à cette besogne ; pour quoi elle a même promis de ne pas vous la laisser faire.

Mais est-il bien vrai que le vœu de la nation soit avec vous? C'est ici que la réponse sera peut-être plus difficile, car si je vous demande : Qu'est-ce que la nation ? vous me répondrez : Ce sont ses représentants, et je ne saurais complétement partager votre avis.

Pour moi, la nation est autre chose que les beaux discours qui se font à la tribune ; et je voudrais qu'à la tribune on parlât un peu moins, et que la nation parlât un peu plus. Et puisque nous en sommes sur ce chapitre, j'en profiterai pour dire à *ma* nation, et en même temps aux autres nations, comme quoi lorsqu'elles le voudront bien, elles pourront devenir le gouvernement au lieu d'en rester les très-humbles servantes.

Qu'est-ce que la nation ? C'est la majorité intelligente des citoyens généralement connue sous le vocable de bourgeoisie, avec ou sans titres, ce qui ne change rien à la chose. Eh bien ! il faut s'empresser d'en convenir : les majorités sont honnêtes. La bourgeoisie a des habitudes paisibles, elle est pour l'ordre. Elle aime bien un peu à toucher à tout, mais au coin de son feu ; quelquefois elle ne craint pas les balles, mais elle a un peu peur des rhumes, elle a aussi ses faiblesses, ses vanités, ses rêveries et ses puérilités.

Généralement le bourgeois est chrétien, mais il aime à se donner des airs de libre penseur et d'esprit fort ; il ne veut pas surtout qu'on l'appelle : Jésuite. Et je sais plus d'un honnête père de famille qui, chaque soir en se couchant, fait sa prière, et qui ne fait pas ses Pâques, de peur d'être appelé *clérical*.. Pour sauver sa famille il affronterait la mort, pour sauver sa conscience il ne sait pas braver un ridicule. Il a de la religion, mais il ne veut pas avoir l'air d'en avoir ; et aussitôt que devant lui on en prononce le mot, il s'imagine voir apparaître, comme autant de fantômes, les inquisiteurs de tous les temps, et toutes les robes noires dont on lui a fait peur dans les vieilles et dans les modernes histoires ; et soudain il tourne le dos, aimant mieux sacrifier à ses puériles frayeurs contre une ombre, que de porter résolûment la main sur toutes les audaces qui se font un appui de ses ébahissements ou de ses frayeurs. La bourgeoisie ne fait pas le mal, mais elle le laisse faire, et ses indolences le servent ; elle n'est point le moule aux calomnies, mais elle en est le tuyau conducteur. Elle n'est point ingrate par nature, elle le devient par faiblesse. Elle aime les beaux dévouements, elle s'exalte aux nobles faits ; mais devant l'ingratitude elle ne sait pas plus défendre les hommes qui la servent, que devant le blasphème elle ne sait défendre Dieu !

Et de là qu'arrive-t-il ? Qu'on la met toujours en scène quand elle n'a pas bougé de sa chaise. On la flatte alors, on l'appelle la nation. Et « la nation veut ceci, la nation veut cela ; nous sommes avec la nation, nous sommes ses mandataires ». La nation, le pays, mots superbes mais pleins de vide. Outre creuse et complaisante que chacun veut enfler de son souffle, afin de mieux conduire sa barque.

Et maintenant, je prends la liberté de demander à messieurs les anti-papistes italiens où est la preuve que la nation est avec eux ?

Et quant à la gloire qui vous sourit, ô superbes Romains, — quant à l'immortalité que vous rêvez, le temps en est passé, croyez-moi ; — la gloire n'est plus de ce monde : « *Transit gloria mundi* ». Les grands hommes, par le temps qui court, ne se moulent qu'en plâtre ; — l'airain est perdu.

Ah ! vous voulez être des grands hommes ! vous ne savez donc pas qu'elle a aussi ses petits désagréments, cette profession-là... Est-ce que ce n'est pas chez vous, messieurs, que la roche tarpéienne est près du Capitole ? Les grands hommes ! nous ne les comptons plus chez nous. Ils n'en veulent plus... car ils sont loin d'avoir les privilèges de l'arche sainte.

Tenez ! n'en prenons que deux. L'un qui fut un des

soldats de l'empire. Tant qu'il voulut se contenter d'être un illustre guerrier, on ne lui arracha pas un fil de ses broderies ; mais, l'imprudent ! n'osa-t-il pas affronter le pouvoir et descendre dans l'arène des jouteurs de la parole ? — « Il a gagné la bataille de Toulouse », disaient les uns, — « il l'a perdue », disaient les autres, suivant que le maréchal ministre acclamait ou sifflait le toréador de leur goût. Et un jour qu'en passant, il eut le malheur de coudoyer l'une des coquetteries de la syntaxe, ne vit-il pas s'ameuter contre lui tous les rhétoriciens du forum et tous les roquets de la presse heureux de traîner sur les claies du ridicule l'une de nos plus grandes gloires militaires ; s'imaginant qu'il suffirait de quelques gouttes d'encre ou de quelques flocons de salive pour effacer de nos arcs de triomphe le glorieux nom de Soult [1].

L'autre n'est point guerrier du tout. Mais il n'en a pas moins ses petits mérites. Il n'est pas grand par la taille, mais il est lourd au poids des affaires. Longtemps il a conduit le char de nos destinées, et il s'y attèle encore quelquefois. Et nul plus que lui n'a été l'enfant gâté de la popularité. Le 3 mars 1866, M. Thiers était encore l'idole aux pieds de qui fumait le plus enivrant encens. Tous les puritains portaient les cassolettes, et la foule moutonnière sonnait les cloches du *Te Deum*. Sa voix puissante avait l'éclat et le retentissement d'un orgue de cathédrale et rendait des oracles ; malgré ses quatre pieds à peine, il était grand comme le monde ! Même ses lois de septembre étaient oubliées. — La neige à ses cheveux n'était que l'attrayante coquetterie d'une pâle fleur d'automne ! Ses pieds touchaient la terre, son front touchait la nue...

Aujourd'hui 31 décembre 1867 M. Thiers n'a plus de sève, n'a plus de feuilles, n'a plus de racines ; sa voix

1. Tout le monde se souvient du fameux : « *Quand a s'agi...* »

chevrotte, ses jambes sont grêles, ce n'est plus qu'un pyg-
mée—et le grand écrivain, le profond historien, l'entraînant
orateur, le premier ministre d'un règne qui ne fut pas sans
grandeur, n'est plus digne de représenter les boutiquiers
de Paris et de venir s'asseoir à l'ombre de M. Ollivier !

O fortune ! en voilà de tes coups !

Est-ce donc, messeigneurs, que vous auriez rêvé meilleure chance ? et lequel d'entre vous, s'il vous plaît ? Serait-
ce d'aventure M. Mazzini ? Un de ses compatriotes a dit de lui
« qu'il n'avait su faire en toute sa vie, que deux choses : sou-
tirer de l'argent aux riches et du sang au peuple, et qu'il
n'avait jamais rendu ni l'un ni l'autre. » C'eût peut-être été
difficile par rapport au peuple, et je l'amnistie sur ce point,—
mais je n'oublie pas qu'il veut mettre sa future république
sous la protection de Dieu : « *Dio e Popolo.* » — Ce n'est qu'un
clérical.

Serait-ce M. Rattazzi ? Celui-là s'est trop franchement
montré notre ami pour que je veuille lui adresser de mauvais
compliments. — C'est la loyauté même et n'en parlons plus.

Quant à Garibaldi, je n'en dirai qu'un mot. Tant qu'il a
voulu se contenter du rôle de soldat et de patriote dévoué,
ne marchandant point sa vie au service légal de ses convictions, il a été pour moi une grande personnalité. Mais
on l'a grisé, déguisé, masqué ; on en a fait un chef de
faction, un diplomate, un orateur, quand, de fait, il n'était
que le don Quichotte des moulins Rattazzi et compagnie ;
et dès lors, pour moi comme pour tous, il n'a plus été
qu'un mythe grotesque et ridicule — mais il a été vaincu,
battu, blessé, captif, amnistié, humilié par Kossuth (un
avocat), fustigé par Cialdini ; respectons ses béquilles, mais
n'en faisons pas une relique.

Somme toute, Garibaldi, Mazzini, Rattazzi, et même
M. Bertani ne sont qu'un tas de fagoteurs de brindilles

républicaines qui, une fois le fagot fait, se battraient à qui l'aurait. Quant à l'*unité*, ils s'en fichent comme du Pape, et ils ne veulent pas plus du *temporel* aux mains du roi Victor qu'aux mains de Pie IX ; ce qu'ils veulent, c'est le *temporel* de tous les deux à leur profit. « Osez, Sire, dit Mazzini, et quand sire aura osé, ce sera le tour de Mazzini, bien entendu ; mais quand sire n'ose pas : « Tue... tue... dit Mazzini, à bas la France ! Mort à Emmanuel », et ils brûlent notre empereur (en effigie bien entendu) et ils brûlent de même leur roi, qui pourrait peut-être bien ne pas leur échapper comme le nôtre...

Parlons maintenant sans la moindre figure.

Les hommes, quelque grands qu'ils soient, meurent, et bientôt ils sont oubliés, souvent calomniés. Mais les nations ne meurent pas, elles vivent par la tradition ; et ce n'est que par de bonnes lois, par de sages libertés, par la loyauté dans les transactions, par le courage à la guerre, par la moralité dans la paix, qu'elles se placent aux rangs élevés de l'histoire. « La moralité des peuples, c'est le règne de Dieu », a dit Lamartine.

Et franchement parlant, ce n'est point la voie où marche l'Italie. Elle se fait ingrate, et même chez les nations, l'ingratitude est un crime ; ici c'est, de plus, une faute.

Elle veut Rome, elle veut en chasser le Pape, elle veut s'emparer de ses États, elle voudrait, de plus, que Napoléon empereur l'aidât ou la laissât faire.

Je ne veux pas dire à l'Italie de remonter le cours des siècles pour s'assurer des droits des Papes sur Rome. Mais je veux qu'elle se souvienne qu'un des plus grands faits du premier empire a été la restauration de la papauté à Rome. Or, Napoléon brisant ou laissant briser la couronne des Papes, ne cesserait-il pas d'être le continuateur de sa dynastie ? ne fausserait-il pas l'histoire ? Il a aimé l'Italie ; il a voulu qu'elle se *fît*, et elle s'est faite ; il lui a donné l'eau du baptême, il a voulu qu'elle fût grande et heureuse ; mais ce qu'il n'a pas voulu ; ce qu'il n'a pas pu vouloir, c'est qu'elle *se fît* au mépris des droits les plus sacrés et par la spoliation.

Et l'Italie l'avait compris de même, — elle avait promis, elle avait juré... elle veut le nier aujourd'hui. Mais le sceau de ses promesses n'a-t-il pas quitté les archives de Turin pour celles de Florence ? Ce n'est donc pas la France qui a violé sa foi.

Elle ne veut pas être fédéraliste ! Et qu'est donc la Suisse ? et qu'étaient les Gaulois et les Germains ? Et chez nous, est-ce que chaque jour on ne proclame pas la décentralisation comme un progrès, comme un besoin ?

Que l'Italie fasse d'elle ce qu'elle voudra, c'est son droit ; mais le droit qu'elle n'a pas c'est de déposséder le Pape.

Ah ! je sais bien qu'en m'exprimant ainsi, on va m'appeler clérical, soit, mais telles sont mes convictions, et elles ne sont le fruit ni de l'ambition ni de la peur, et je ne crains pas de les dire.

Mais enfin, et puisque nous en sommes sur ce méchant mot, il faut pourtant bien s'en expliquer une fois pour toutes.

Hélas ! ce n'est qu'un chapitre de plus à nos petites puérilités et à nos grandes sottises. Ce n'est qu'une niaise et besoigneuse appellation de circonstance ; une ânerie politique, dont à toutes les époques on s'est bêtement saturé. D'autrefois ce n'est qu'une habile muscade jetée sur le tapis, pour avoir le temps de changer les cartes et de voler l'enjeu. Quand on n'est pas assis on veut s'asseoir, et quand on a un bon siège, on y veut rester ; alors il faut bien s'ingénier de quelque vice rédhibitoire à l'endroit de ceux qu'on veut chasser ou empêcher, et alors : « c'est le *juste milieu*, les *retardataires*, les *réactionnaires*, les *doctrinaires*, les *jésuites*, le *tiers* ou le *quart de parti*, les *ultra*, les *libéraux*, les brigands de la Loire, les brigands de la Vendée, les *blancs*, les *rouges*, les *bleus*, les *cléricaux*.—Et que signifient toutes ces stupidités qui n'ont pas de sel, qui n'ont pas d'esprit, qui n'ont ni sens ni physionomie, et qu'on peut indistinctement appliquer à toute personne, sans que celle-ci puisse l'accepter ou s'en défendre ? Espèce de chassepot perfide et lâche, qui tue de loin, et toujours sans danger pour celui qui tue, et dont n'aiment guère à se servir que les gens sans cœur et sans courage, qui ne savent que frapper par derrière... On sait ce que c'est qu'un royaliste, un républicain, un napoléonien ; pour moi, de par le dictionnaire et le bon sens, il n'y a de clérical que celui qui appartient au clergé. Laissons donc ces misérables rangaînes aux niais, aux mendiants ou aux repus; et sans plus nous en occuper, disons carrément à l'Italie qu'elle est dans une voie perdue et qu'elle en doit changer. Qu'elle se fasse grande, qu'elle se fasse libre, qu'elle se fasse heureuse, unifiée ou non, c'est mon vœu le plus sincère ; mais qu'elle ne touche pas au Pape ; ce serait sa perte.

L'histoire nous offre des empereurs et des rois découronnés et dépouillés ; des Papes jamais.

C'est que les rois et les empereurs ne sont que chefs de nation, les Papes sont chefs de religion, et l'on ne change pas de religion impunément; la religion, c'est la première force des Etats, et ni le poignard, ni la persécution ne parviennent à la détruire. — Qu'à servi en 93 de persécuter l'Eglise ? On l'a rendue plus forte au temps du consulat.

Le Pape est le chef de la religion catholique, et partout où il y a des catholiques, il a des défenseurs assurés.

Qu'à la suite donc d'une irruption volcanique ou insensée, le Pape soit rejeté de ses Etats, on ne l'aura fait que plus puissant et plus vénéré, car on l'aura fait martyr ; et le temps ne serait pas long où toutes les nations se levant à sa voix le reconduiraient à son trône, aux applaudissements de toutes les voix intelligentes, honnêtes et conservatrices de l'Europe.

« *Ignari discant ; ament meminisse periti.* »

Voilà mon souhait pour l'Italie — et pour tous autres.

SÉNÉMAUD.

Extrait du *Courrier de la Vienne et des Deux-Sèvres,* numéros des 1er, 2 et 3 janvier 1868.

POITIERS. — TYPOGRAPHIE DE HENRI OUDIN.

www.ingramcontent.com/pod-product-compliance
Lightning Source LLC
Chambersburg PA
CBHW061431170626
46811CB00005B/2230